رواية

الأمير يحبك

د. جُمان الريحاني

إهداء..

إهداء إلى الأمير

إلى ذلك الأمير

وإهداء إلى الحب الذي يسكن قلب الأمير

الحب الطاهر النقي

وإهداء إلى كل من يرى بأنه يحمل في صدره قلبا نقيا

وإلى كل من يرى بأن قلبه يحمل ويحمي حبا طاهرا

جمان الريحاني

عصفورة الأميرة

من عادتي كل صباح أن أجلس في شرفتي الشرقية، لكي أشاهد بزوغ الفجر وشروق الشمس، فأرى أشعة الشمس الأولى، وأشهد ولادة الشمس كل يوم جديد.

الشمس متعددة الولادة، فهي تولد من جديد في كل يوم جديد، وتكبر وتشتدّ حرارتها في منتصف كل يوم وتتجه بالتدريج إلى حيث تختفي.

وذات صباح جاءتني عصفورة جميلة، عصفورة لم أر مثيلا لها على أرض البشر سابقا، عصفورة صغيرة بأجنحة شفافة وريش ملوّن شفاف.

زقزقت بجانبي تلك العصفورة الشقية التي كانت تنافس أشعة شمس الصباح جمالا، وتنافس نسمات الفجر نقاء. وتشبه ذكريات حبيبي لطافة وبراءة.

زقزقت العصفورة.

ولم أفهم غناءها الجميل، وبعد دقائق ملحوظة أصبحت وكأنني أفهم لغتها.

فاقتربت مني وحطت على كتفي، وهمست في أذني وقالت:

"الأمير يحبك"

قالت لي تلك العصفورة جملة لم أنساها، ولا يمكن أن أنساها أبدا.

لقد قالت تلك العصفورة الجميلة، تلك الجملة بكل ثقة وكأنها تعنيها فعلا.

قالتها لمرّة واحدة ولم تكررها.

ولكن الجملة قد تكررت في أذناي كثيرا.

إنه صدى صوت العصفورة في أذني.

سمعت تلك الجملة كثيرا ولكن لمرّة واحدة من العصفورة وباقي المرّات سمعتها في أذني أو ربما في خيالي.

إلا أنني واثقة بأنني قد سمعتها كثيرا.

حب الأمير

"الأمير يحبك" جملة سمعتها من مخلوق جميل وذات صباح جميل، وبقيت ترِنُّ في أذني ولا استطيع نسيانها.

هذا ما حدث مع الجميلة **جلفدان**.

ذات يوم في شرفتها في قصرها الذي كانت مسجونة فيه

وبعد ذلك اليوم لم تر تلك العصفورة أبدا.

لم تنس الجميلة **جلفدان** ما قالته لها تلك العصفورة،

وقد كانت تتذكّر تلك الحادثة كثيرا

إنها حادثة سعيدة.

وتُشعِر بالسعادة.

وهذا ما جعلها قد أصبحت تؤمن بأن هناك أمير يحبها فعلا، وهو في مكان ما.

قد يكون بعيدا، ولكنّه بعد ما قالته لها العصفورة أصبح قريبا.

لقد أصبح ذلك الأمير قريبا جدا من الأميرة جلفدان

لقد أصبح في قلبها.

رغم أنها لا تعرف من هو.

ولا .. من يكون؟

الأمل الجميل

اعتبرت الجميلة **جلفدان** أنّ ما حدث معها كان بمثابة إشارة من القدر، إشارة بأن الحياة جميلة وسوف تصبح كذلك يوما ما.

لذا يجب على الجميلة جلفدان أن لا تفقد الأمل في الحياة لأنّها سجينة قصرها.

أصبحت الجميلة جلفدان التي كانت تستمتع بمنظر شروق الشمس الجميل كلما رأته تذكرت تلك العصفورة، وما قالته لها عن ذلك الأمير.

رغم أن الجميلة جلفدان لا تعرف إن كان ما حدث معها سابقا حقيقيا، ولا تعلم إن كان كلام العصفورة صحيحا.

ولكنّها لم تكن تستطيع عدم تصديق ما رأته، وما سمعته، وما شعرت به، لقد كان ما حدث ذلك الصباح امرأ جميلا لا يمكن نكرانه.

كما أنّها لم تكن تعلم أيضا من كان ذلك الأمير لكنها، شعرت بالحب تجاهه، لقد اعتبرت بأن تلك العصفورة ما هي إلا رسول منه، وقد أرسلها هو لكي تخبرها بأنه يحبها.

هل حقا هناك أمير؟

هل حقا هناك أمير يحبها؟

هل حقا هناك أمير يحبها وقد أرسل لها رسالة مع تلك العصفورة ذلك اليوم؟

ورغم الشكوك والحيرة وعدم اليقين، لكن القلب يؤمن بما حصل ويريد أن يؤمن بما قد يحصل يوما ما.

تمنّت الجميلة جلفدان أن يرسل الأمير الذي يحبّها إليها العصفورة من جديد، ولكنه لم يفعل، فبقيت تتذكر ما قالته لها العصفورة ذلك الصباح وتعيش بذلك الأمل.

منذ ذلك اليوم وحالتها النفسية تغيرت للأحسن، ولاحظت الجواري بأن الجميلة جلفدان تشعر بالسعادة كلّما رأت شروق الشمس، فاخبرن عمّها الملك الذي سلبها ملك والدها وتاجها وحبسها في قصرها.

اغتصاب العرش

عندما توفي والدها الملك، قرر عم الأميرة جلفدان سلبها التاج وكرسي العرش.

لم يكن أمامه حلّ فقد كان من الممكن أن يأخذ منها التاج بطريقة سلسة، أي أنّه كان من الممكن أن تتنازل عنه له لو كان له ابن وقام بتزويجها له، وطلب منها التنازل عنه.

ولكن هذا الحلّ لم يكن في الإمكان لأنّ عمّها لم يكن له ابن، لأنه لم يتزوج كلّ حياته، لو كان لديه ابن فعلا لزوجها إياه غصبا عنها، ولم يكن قاتلا لذا لم يقرر قتلها واكتفى بسجنها.

بعد بحث كبير لِما يجبُ فعله وبعد تشاور مع وزراءه، قرّر سجنها فقط، قرّر سجنها وبطريقة تليق بأميرة، سجن مؤبد وفي قصرها، كان في نظره هذا تصرّف يليق بالأميرة الجميلة جلفدان ابنة أخيه الملك.

لم تكن هناك مواجهة كبيرة، فقط بعض الحراس الأمناء لها تمّ قتلهم.

أما هي فقد ألقى القبض عليها فعلا، وتمّ سجنها في قصرها معزّزة مكرّمة، مع جواريها أو بالأحرى بعض الجواري اللواتي يأتينه بالأخبار عنها.

و هكذا أصبح العمّ الرّحيم الرّحيم ملكا ووضع تاج الحكم على رأسه، وجلس على كرسي العرش بعد سنوات طويلة من الطموح.

لم يفكر يوما في قتل أخيه، ولم يتعرض له بسوء أو
عارضه في أي أمر كل حياته.

خبر عاجل

مرّ على سجن الأميرة جلفدان أكثر من سنتين، لم يرها أحد فيهما، ولا حتى عمّها الملك الذي لم يكن يسمح لأحد برؤيتها ولا بالكلام عنها في حضوره.

فمن يتجرأ على مناقشة أمرها يقطع رأسه، وهذا كان مصير وزير والدها الملك بعد أن حاول مناقشة مصيرها، بعد وفاة والدها بعد وتولّي عمّها مسائل الحكم.

بعد أن زارت الأميرة جلفدان تلك العصفورة، ولاحظت الجواري تلك السعادة الباديّة على وجه الأميرة، وتمّ إعلام الملك بذلك فخاف كثيرا.

دخل على الملك وزيره وخادمه الأمين المسئول عن الحياة في والقصر وقال:

مولاي.. مولاي لدي خبر مهم وخطير

الملك:

ما بك؟ لِما العجلة؟

ألا ترى أنّنا في اجتماع؟

وزير الشؤون الداخلية في القصر:

ولكن يا مولاي الأمر طارئ وخطير.

الملك:

لماذا تكرر خطير.. خطير؟ هل مات أحدهم؟

وزير الشؤون الداخلية في القصر:

أخطر من ذلك يا مولاي ربما قد يموت أحدهم.

الملك:

يبدو أن الأمر جاد.

وزير الشؤون الداخلية في القصر:

نعم يا مولاي.. صدقني.

الملك:

مِن وجهك الشاحِب أظنّ أنّك حقا تعني ما تقوله.

وزير الشؤون الداخلية في القصر: (وهو يلهث).

نعم.. نعم يا مولاي.

الملك: (وهو يخاطب وزراءه المجتمعين).

حسنا.. لظروف غامضة، ونظرا لما يحصل مع الوزير سنفض الاجتماع ونؤجله إلى وقت آخر.

سعادة الأميرة

وبعد أن خرج الجميع، وبقيّ الوزير مع الملك لوحدهما طلب الملك من الوزير أن يفسّر ما كان يفعله لما قطع الاجتماع.

وزير الشؤون الداخلية في القصر:

مولاي الأمر يخصّ الأميرة الجميلة جلفدان.

الملك:

ويحك.. يا وزير لما هذه السيرة؟

وزير الشؤون الداخلية في القصر:

مولاي صدقني الأمر خطير.

الملك:

ماذا هناك واختصر، لا تجعل رأسي يُؤلمني فأنت تعلم بأن هذا الموضوع يجلب لي ألم الرأس.

وزير الشؤون الداخلية في القصر:

مولاي.. لقد جاءتني هذا الصباح إحدى جواريها، وهي ليست جارية أمينة لها بل هي عين لنا في قصر الأميرة الجميلة جُلفدان السجينة، وهي لنا إذن هناك أيضا، وبما أنّ الجواري ممنوعون من الخروج إلا جاريتنا هذه التي سمح لها الحارس بالخروج عندما طلبت رؤيتنا.

الملك:

وماذا بعد ؟

ألم أقل لك اختصر؟

وزير الشؤون الداخلية في القصر:

مولاي.. الأمر الخطير هو ما أخبرتني به عن الأميرة جُلفدان.

الملك:

ما بها تلك الأسيرة؟

رأسي بدأ يؤلمني من تلك السيرة.

إنّ صبري يكاد ينفذ وسيفي ينتظر أن يشحذ.

وزير الشؤون الداخلية في القصر:

مولاي.. لقد أخبرتني الجارية بأن هناك أمرا قد طرأ على الأميرة جلفدان منذ أيّام.

الملك:

ماذا قصدت بكلامها بالضبط؟

وزير الشؤون الداخلية في القصر:

الأميرة سعيدة.

الملك:

سعيدة؟

وزير الشؤون الداخلية في القصر:

نعم سعيدة يا مولاي، منذ فترة وهي سعيدة ووجهها يشع بالسعادة والطاقة.

الملك:

كيف ذلك؟ ولماذا؟

لم يسبق أن سمعت عن سجين سعيد؟

هل هي سعيدة بالسجن؟

وزير الشؤون الداخلية في القصر:

لا أظن ذلك يا مولاي.

فهي أصبحت سعيدة فقط من مدة قصيرة.

الملك:

وما السبب؟

وزير الشؤون الداخلية في القصر:

مولاي.. لقد سألت الجارية نفس السؤال وليس لديها جواب.

الملك:

ومن عنده الجواب إذن؟

وزير الشؤون الداخلية في القصر:

مولاي.. لا أحد لديه الجواب على هذا السؤال.

الملك:

لا يعجبني هذا.

فالتغيير لا يحدث من العدم.

لما السعادة فجأة.

هل زارها أحد؟

هل سمعت خبرا من أحد؟

لابد وأنّه قد حدث أمر ما.

وزير الشؤون الداخلية في القصر:

مولاي.. لقد سألت وليس هناك أي شيء قد حدث معها
فالقصر محروس جيدا وممنوع دخول أو خروج أي
أحد ماعدا جاريتنا هذه والحراس أمناء جدا.

الملك:

إذن ما الذي حدث؟

هل جنّت؟

وزير الشؤون الداخلية في القصر:

مولاي.. إنّها بكامل قواها العقلية.

الملك:

لا يمكن.

لابد من حدوث أمر ما.

وزير الشؤون الداخلية في القصر:

مولاي يجب أن نتصرف.. سريعا.

الملك:

بماذا تشير؟

وزير الشؤون الداخلية في القصر:

بما أننا لا نعلم السبب الذي جعلها سعيدة، فلنغيّر لها المكان الذي تشعر فيه بالسعادة.

الملك:

ماذا تقصد؟

وزير الشؤون الداخلية في القصر:

الجارية تقول بأنها تشعر بالسعادة عندما ترى الشمس.

الملك:

هذا غير معقول، ألم ترى الشمس في حياتها؟

وزير الشؤون الداخلية في القصر:

نفس الكلام قلته للجارية لكنّها وعندما سألتها عما تفعله. الأميرة خلال يومها قالت لي:

الأميرة جلفدان تصحو باكرا جدا وتخرج إلى شرفتها تراقب بزوغ الفجر، وشوق الشمس كل يوم.

وتبتسم.

الملك:

تبتسم؟

وزير الشؤون الداخلية في القصر:

أجل.. يا مولاي.. تبتسم.

أنّها تبتسم للشمس كثيرا، وبعد شروق الشمس تدخل إلى غرفتها تأخذ حماما، تلبس وتتزين، وتنام أحيانا وتتناول الطعام، وأحيانا تقرأ.

الملك:

كل هذه يوميات عادية، ولا يوجد شيء مريب.

ولكن لما الابتسام؟

وزير الشؤون الداخلية في القصر:

مولاي.. الجارية تقول بأنّها تبتسم للشمس كثيرا، وأحيانا تبقى مبتسمة كل اليوم، وتشع نورا وسعادة.

التصرف سريعا وبحكمة

لم يفهم الأمر وشعر بالحيرة، لكن كانت للوزير خطّة محكمة، ورأي حكيم فأضاف وقال:

مولاي.. أنا أنصح بأن نحرمها من الشمس، وأن نغير مكان سجنها.

الملك:

ولكن لا أظنّ أنّها ستحبذ فكرة ترك قصرها.

هل تنصح بالقصر الغربي.

فأنا لا أريد إرسالها إلى قصر الشتاء، لأنني أريدها قريبة مني.

وزير الشؤون الداخلية في القصر:

لا.. يا مولاي.. لا أنصح بذلك أبدا.

ولا أنصح بإرسالها بعيدا، بل يجب أن يكون العدو دائما قريبا منك.

الملك:

هل لديك ما تنصح به إذن.

وزير الشؤون الداخلية في القصر:

أنصح بأن تضعها تحت رجليك.

الملك:

هل هذا تعبير مجازي منك.

هل تحاول أن تبدو ذكيّا، إن كان كذلك، فهذا ليس الوقت المناسب أبدا.

وزير الشؤون الداخلية في القصر:

كلا.. يا مولاي.

بل أنا أقصد ما أقوله لك حرفيا.

ما قصدته هو أن تسجن الأميرة جُلفدان في السجن الذي تحت القصر حيث لا شمس ولا سعادة، ونشدّد الحراسة لنرى كيف ستصبح سعيدة، ولنرى من سيصل إليها في تلك الحالة، إن كان هناك أحد، في تلك الحالة سوف نكتشف الحقيقة حتما.

الملك:

لا أظن أنها فكرة صائبة أن نسجن الأميرة جلفدان في سجن المجرمين والعبيد.

وزير الشؤون الداخلية في القصر:

مولاي.. لا تفكر في تلك الأمور.

فالأهم هو سلامتك.

فنحن لا نعرف إن كانت الأميرة جلفدان تخطط لأمر
ما.

الملك:

معك حق.

سوف أفكر في الأمر.

وزير الشؤون الداخلية في القصر:

مولاي لا وقت للتفكير يجب أن نتصرف حالا.

أنا انصح جلالتك بان ننقلها إلى السجن اليوم.

اتخاذ القرار الحاسم

تضايق الملك من الخبر الذي سمعه، لأنه اعتبر سعادة الأميرة جلفدان ربما تعني أمرا سيئا بالنسبة له، فلربّما الجميلة جلفدان تحيك له مكيدة أو أن سعادتها تعني أنّها علمت بطريقة أو بأخرى بأنه سوف يصيبه مكروه.

قرّر الملك إتخاذ قرار حاسم من أجل أخذ احتياطاته من أيّة مكائد محتملة، وبعد التفكير مع وزيره، توصل إلى حجب الشمس عن الجميلة جلفدان فأمر بإنزالها من قصرها إلى قبو تحت الأرض.

لأنّه عندما بحث الأمر، لم يجد أي أمر غير عادي،
وبعد أن قصّ عليه يومياتها وما فعلته في ذلك اليوم.

لم يجد أي شيء غير عادي.

الأمر الوحيد هو أنها تراقب الشمس كل صباح.

لذا وبعد تفكير طويل قرر أن يحجب عنها الشمس،
ولكنّه لم يكتف بذلك بل قرر أن يغيّر لها مكان عيشها
فإن كان ذلك المكان يجلُب لها السعادة سوف يغيره.

تمّ تحويل مكان إقامة الجميلة جُلفدان من قصرها إلى
قبو في القصر الملكي.

لتكون أوّلا تحت الأرض.

وثانيا تحت قدميه بالذات.

لأنّه اعتبر المسافة التي كانت تفصله عن الجميلة
جلفدان والتي تعتبر عدوّته الوحيدة، كانت خطأ إذ
يجب أن يكون العدوّ قريبا منك، ولكي تدرس كلّ
تحركاته وتعلم كلما يطرأ عليه من جديد.

لم يعجبه ما طرأ عليها مؤخرا، وقد كان يؤمن بان كل رد فعل هو ناتج عن فعل.

فما الّذي حدث معها وما السرّ وراء سعادتها؟

لم توافق الجميلة جلفدان على هذا التصرف، ولكنها كانت مجبرة.

ظلم بعد ظلم

بكت كثيرا حين وصلت إلى ذلك المكان المظلم، والمعتم، لقد كان السجن تحت القصر سيئا جدا، ولكنّ جواريها حاولن جعل المكان أفضل قليلا، ولكنهُن لم يستطعن التخفيف عن الأميرة جلفدان، والتي لم تصدق عدم وجود نافذة أو أيّ منفذ لرؤية السماء والشمس.

لقد كان الأمر مرعبا بالنسبة لها كيف لا يوجد مكان لرؤية السماء، وكيف قد تستطيع العيش بدون شمس.

ألم يكن كافيا أنّها كانت سجينة، وقد حُرمت من كل حقوقها ومن حريتها.

جاء اليوم دور حرمانها من السماء والشمس.

لم تفهم الأميرة جلفدان السبب وراء تصرف عمّها الملك هكذا.

لما عساه قد يفعل شيئا مثل هذا؟

وهي لم تعارضه يوما، ولم تقل له أيّ أمر مسيء وقد كانت سجينة هادئة، ولم تفتعل المشاكل يوما.

أمّا بالنسبة للملك، فلو كان يرى بأن الأميرة جلفدان فعلا تشكل تهديدا على تاجه، ربما كان قد أمر بقطع رأسها على الفور، ولكنّه كان يعلم بأنها فتاة هادئة ومثل نسيم الربيع لذا لم يأبه لوجودها كثيرا، وأخذ ذلك القرار بشأنها وأبقى على حياتها دون أن يكترث لها كثيرا.

لقد كان مشغولا بحياته الجديدة وبكرسيه وعرشه.

لقد كان مأخوذا بتاجه وبسلطته.

بشعبه وبمملكته.

كما أنّه كان معجبا بقصر قصر الملك.

وكان يحتاط فقط من باب الحيطة، فقد كان يريدها أن تواصل فيما كانت تفعله.

أن تواصل في كونها أميرة سجينة هادئة وحزينة، وأن لا يطرأ عليها أي تغيير أو جديد حتى لو كان بسيطا، فالخوف من المجهول، والخوف هو دائما من الأمور الغريبة والغامضة وغير الواضحة.

ومن لا يخاف لا يحتاط.

ومن لا يحتاط خُرب بيته وسُرق تاجه وسُحب البساط من تحت رجليه.

لقد كان هذا هو أسلوب الملك الجديد "العمّ" في التفكير، كما أن وزيره يؤيده في طريقة التفكير، والحلول التي كان يطبقها قد كانت نتيجة التشاور مع أهل المشورة في قصره والوزراء، والرجال الذين هو يثق فيهم وأصحاب الولاء.

وإن غاب عنه رأي أسدوه زبدة النصيحة، زبدة الخِبرة والأيّام، وأيضا قد كانوا جميعا ذوو عقولٍ مفكّرة مدبّرة وإلّا لما كان يقلِدهم تلك المناصب العليا في الدولة.

تضييق الخناق

كانت الأميرة جلفدان تنظر هنا، وهناك، فلم تجد لا سماء ولا أشجار، ولا عصافير، ولا فراشات، ولا هواء نقي، ولكنّ إحدى الخادمات ملأت المكان بنباتات وشجيرات صغيرة.

قالت لها تلك الجارية بأن البستاني نصحها بأخذها معها لأنّ هذه النباتات تعيش في مكان به ظل ومغلق، أي أنّ تلك النباتات لم تكن بحاجة للشمس لكي تعيش.

كانت تلك النباتات جميلة بشكل ملحوظ، بل وأضفت رونقا على المكان فأصبح ذلك السجن جنّة.

كما أن تلك النباتات كانت مثالا حيّ بالنسبة للأميرة الجميلة جلفدان، للبقاء على قيد الحياة رغم سوء المكان والظروف المعيشية فيه.

كانت المساحة المقدمة للأميرة الجميلة جلفدان مساحة واسعة كثيرا.

فكانت هناك غرفة نومِها، وجناح خاص، وصالة كبيرة، وحمام، وغرفة للملابس، وتمّ إنزال كل أثاث الأميرة جلفدان لكي لا تشعر بأنها في سجن، رغم أنها في سجن بالفعل.

يبدو أن عمّها كان يحبها فقد كان سجّانا كريما.

كما أنّه قد أمر بأن تلقى كل التسهيلات وأن تعيش حياة الأميرة جلفدان وليس كسجينة.

لقد كان قراره أن يحرمها من الحكم، والتاج، والعرش وأيضا أن يحرمها من حريتها، ولكن لن يسلبها حياتها، فهو لم يكن يريد أن يقتلها.

وقد سجن معها كل جواريها وخدمها.

وهكذا في سجن الأميرة جلفدان الجديد، وفي حياتها الجديدة لم يتغير أسلوب حياتها كثيرا رغم بعض التضييقات والخِناق في بعض الأمور.

فهي مثلا لم تعد مسموح لها الخروج، ولا التنزه، ولا القيام بأيّة جولات، رغم أنّ التنزه قد كان عادة لديها، ولم تكن تطيق البقاء داخل القصر كل اليوم.

بل كانت تتنزه كثيرا وتجلس على البحيرة، وتشرب الشاي في الحديقة.

وأحيانا في وقت الضّحى، تقرأ كتابا تحت الأشجار وبالقرب من الأزهار.

لقد كانت تحبّ حياتها قبل أن تصبح جحيما، مثلما هي اليوم.

كما أنّه يجب أن يرسل بخبر عن أي أمر تطلبه أو
تريده إلى قصر الملك لكي يوافق عليه أو يمنعه عنها.

كان عمّها يريد أن يحتجزها في مكان مريح، يشبه
قصرها ولا يريد الزجّ بها في سجن مثل المجرمين.

السجن بحلة جديدة

قامت الجواري بعد أن جهّزن المكان وزيّنه بالستائر المُلوّنة بمحاولات كثيرة لكي يبدو المكان يشبه إلى حد كبير قصر الأميرة جلفدان، وهذا بالاعتماد على أغراضها وعلى الديكور، والستائر، وما أحضره الحرس من قصر الأميرة جلفدان.

ولكن ما كان ينقص بالفعل بالإضافة إلى لون الجدران الباهت واهتراء المكان.

كانت تنقص الأميرة جلفدان شرفتها التي لطالما كانت تجلس فيها، بل وكانت لا تفوّت شروق شمس واحد.

43

من القصر الذي كانت تعيش فيه الأميرة جلفدان سجينة، كانت تحب الجلوس في شرفتها لساعات تنظر إلى الحديقة والسماء، والجبال البعيدة، والسماء، والشمس، والسحب، والقمر، والنجوم.

لقد كانت الأميرة جلفدان تجلس في شرفتها لساعات أو حتى لدقائق في الجوّ الصعب.

فكانت لا تفوت أيّ من الفصول، ولا ولادة الربيع والأزهار، ولا تحرم نفسها من الهواء البارد، والشعور بالأمطار.

والثلوج والرياح وكل المظاهر الطبيعية.

وكانت تسهر أيّام البدر والقمر الكامل.

تنظُر إلى النُجوم والشُهب وتصنُع الأمنيّات.

لقد كانت أميرة رومانسية، تؤمن بالجمال وتحب الطبيعة التي كلها جمال.

إن أنت فعلا أمعنت النظر.

لقد كانت مُحبّة للطبيعة، وعندما تجلس في الشرفة تشعر بأنّها حرة طليقة، وليست مجرّد سجينة.

لقد كانت سجينة لا تعرف حتى موعد إطلاق سراحها من هذا السجن الرّحيم القاتل.

لقد كانت الطبيعة هي متنفّسها الوحيد، والتي تمدها بقوّة الحياة والتمسّك بها، وبه أيضا التي تعطيها أملاً في أن هناك فجرٌ قريبٌ هو فجر الحريّة بكلّ تأكيد.

لقد كان لها مما يؤنس وحدتها من الحيوانات والطيور، والعصافير، والفراشات الكثير.

لم تكن الأميرات في مثل سنّها يعشن وفق أسلوب الأميرة جلفدان، ولا يتأملن الوجود مثلما تفعل هي، فهي قد كانت مختلفة عن بقية الأميرات من كل النواحي.

كانت أميرة جميلة حسّاسة وشاعرية.

ولها من الرومانسية حسّ كبير، يجعلها ترى الحبّ في الطبيعة المحيطة بها، وترى قدرة من خلق الكون بكل الجمال الذي فيه.

لذا كان لديها أمل في أن حريتها سوف يكون لها يوم، ويوم ربّما هو قريب.

لقد كان لديّها إيمان قويّ بأنّها سوف تتخلص من هذا السجن الذي يبدو أنّه كل يوم يمر عليه يصبح أصعب من ذي قبل، ومع كل يوم يصبح أظلم من ذي قبل.

لقد تضايقت الأميرة جلفدان كثيرا من التغييرات الأخيرة ولكنّ لم يكن باليد حيلة، ولم تكن تستطيع أن تغيّر الواقع الذي تعيش فيه.

فالأميرة لم تكن على علاقة جيّدة مع عمّها كما أنّه لم يكن مسموح لها لقاؤه لكي تؤنّبه على ما فعله، أن تناقشه في أمر سجنها.

بل كان يجب عليها أن تحترم أنّه عفا عن حياتها، ولم يأمر بقتلها وهذا ربما جميل في رقبتها، ويجب أن تكون ممتنّة لكونه قد فعل ذلك.

فن ينبض بالحياة

طلبت الجواري من الحراس أن يأخذوا إذنًا لكي يقوموا بطلاء الجدران، لقد كانت فكرة ذكيّة أن يقوموا بطلاء الجدران الباهتة والتي تشبه المغارة، بلون فاتح لكي تصبح مكانا ملائما للعيش.

واخبروهم بأنّهم يريدون منهم طلاءها، لكي تبدوا افتح ويصبح المكان أكثر ضيّاء.

ولكن جواب الحرس على طلب الجواري كان بالرفض، فالحرس اخبروهُنّ بأنّ الملك خرج في معركة، وليس لديهم إذن بفعل أيّ شيء في غيابه.

لذا فهم لن ينفذوا أيّة طلبات إلى أن يرجع الملك.

رغم توسُّلات الجواري إلا أنّ الحرس كان لهم جواب واحد، رغم أن المدّة كانت طويلة.

لم يكن لصوت الجواري أيّ صدى، فقد كانت الأوامر الملكية في القصر واضحة وصارمة، وخاصّة فيما يخصّ الأميرة السجينة.

لقد كانت الأميرة هي الخطر الأكبر على الملك، وهذا ما جعله يضع أشدّ الحراس وأبطشهم لحراستها وأيضا أكثرهم صرامة.

كما أنّ اختلاطهم بالجواري، كان أحد المحرمات عليهم وأيضا لم تكن هناك حرية تحرك، فيما يخص الجواري، لقد كانت حركتهم مقيّدة ولديهم أعمال محددة يقومن بها وفي أوقات محدّدة، وكان كل شيء يسير بنظام، ووفق مواعيد محددة، لا يمكن أن تتغيّر وإن تغيّر فيها شيء رن جرس الخطر، ووصل الأمر

إلى قائد الحرس وربّما إلى وزير الشؤون الداخلية لقصر الملك نفسه.

رغم أن الأميرة لم تكن تطيق الوضع، ورغم أن الجواري قد أردن أن يساعدنها من أجل بعض التغيير، إلا أنّه كان واجب عليهم أن ينتظروا عودة الملك.

لم يكن موعد عودة الملك معلوما، ولا واضحا فقد كان في حرب، وللحرب وقتها الذي تأخذه.

فالحرب معارك، والمعارك هي لعبة مع الموت، ولكن الجميع كانوا يعلمون بأنّ الملك سيعود عاجلا أو آجلا، لأنّه قد خرج رفقة جيش لا يقهر.

لقد كان لديه جيش بعدد هائل، جيش قد تلقى التدريب الجيد اللازم لأي معركة أو حرب.

كان لديه من الفرسان المئات، ومن الرُماة والمصارعين.

وبعد مرور أربعة أشهر، عاد الملك منتصرا، وقد أنزل إلى ذلك السجن بعض الأسرى، الذين كان يعتقد بأنهم لهم قيمة ويستحقون السجن تحت رجليه.

بعد عودة الملك استمرت الاحتفالات بعودته، سالماً لعدة أيام، وبعد مرور فترة الاحتفالات كرّرت الجواري الطلب بدهن الجدران للحراس.

تريّث الحراس في إيصال طلبهن إلى الملك، حتى ارتاح الملك من السفر، وانتهت الاحتفالات بنصره، وبعد مرور أسبوعين تمّ ذكر ذلك الأمر عنده.

لم يكن الأمر بالغ الأهمية في نظر الملك، الذي وافق على الأمر وأعطى أمرا بتنفيذه للأميرة.

لقد كان ملكا كريما، وعمّا حنونا، لا يرد لابنة أخيه الأميرة جلفدان الوحيدة في المملكة أمرا.

تمّ دهن جدران سجن الأميرة الجميلة جلفدان، فسمح الملك بفعل ذلك، ولكنّه كان ممنوع منعا باتًا دخول أو خروج أيّ أحد من السجن.

لا الأميرة ولا الجواري إذ تعين عليهن تحمل رائحة الدهان إذا أردن السجن بحلة جديدة.

رغم أنّ السجن لم يكن ذا تهوئة جيدة، ولكن وافق الجميع على شروط الملك، من أجل إسعاد الأميرة وبثّ البهجة في ذلك السجن الحزين والكئيب.

لم يكن الملك يضع شروطا تعجيزية، بل كان يصدر الأوامر كما يحب فقط.

ولم يكن يفكر في باقي الأشخاص، ولا في التفاصيل التي تبدو تافهة، وصغيرة مقارنة مع مسؤولياته الكبيرة في المملكة وتجاه شعبه.

ومن أجل ذلك.. أمر خادم الملك بإرسال عُلب الدهان وكل المستلزمات إلى السجن.

كما طلب من الحراس الاعتماد في ذلك الأمر على السجناء، وهذا نال إعجاب واستحسان الحراس، الذين لم يكونوا يريدون عملا إضافيا إلى أعمالهم.

قرر الحراس أن يخصصوا ساعات معينة خلال النهار لصباغة الجدران، يغادر فيها السجناء زنزاناتهم

وتوجّهوا إلى جناح الأميرة جلفدان من أجل العمل، ثم يعودوا إلى زنزاناتهم مساء.

لقد كان جناح الأميرة كبيرا فهو عبارة عن عدة زنزانات التي تمّ جمعها مع بعضها البعض لكي تَليق بمكان تعيش فيه الأميرة.

وفيه كل مستلزمات الحياة.

وأيضا غرفة للجواري، وغرفة للخادمات، ومطبخ، وغرفة للغسيل.

والمقصود بالصباغة هو جناح الأميرة وكل الغرف التابعة لها، وأيضا غرفة الجواري التابعات لها.

أعطى الملك أمرا لنائب رئيس الحرس لكي يهتم بالأمر دون أي تقصير، لكي تضلّ الأميرة سعيدة في سجنها ولكي لا تشتكي مرة أخرى.

فالملك لم ير أي ضرر من صباغة الجدران بل كان يرى بان الأمر مثير للسخريّة، أو بالأحرى أمر في

غاية التفاهة، ولا يجب أن يعطيه مساحة من عقله للتفكير فيه، ولكن لا ضرر منه.

فمن حق الأميرة أن تعيش في مكان مضيء، وليس باهت الألوان لذا أمر بأن يهتموا بالأمر على أحسن ما يكون.

فنان يستشعر الجمال

كان نائب رئيس الحرس مغرما بإحدى الجواري، لذا كان يحقق لها كل ما تأمر به أميرتها وكل ما تطلبه هي.

احضروا الدهانات الملوّنة وبدأوا بتغيير المكان دون أن تراه الأميرة، لأن الخادمات أردن أن يفاجئنها بما سوف يفعلنه.

لقد كانت أغلب الجواري محبّات ومخلصات للأميرة، ويحبون رؤيتها سعيدة، لذا كنّ يحاولن جهدهن لجعل ذلك المكان يشبه قصرها، ولا يشبه سجن المجرمين.

لقد اكتشفت الجميلة جلفدان إخلاص جواريها، وعلمت مدى حبهن لها، فكانت تشعر بالسعادة لما يفعلنه من أجلها.

كان بين السجناء الأسرى الذين أحضرهم الملك آخر مرّة شاب وسيم تطوّع لدهن مكان الجميلة جلفدان، وكان يستمع لكلام الجواري عنها، ولكنّه لم يستطع التمكن من رؤيتها رغم محاولاته.

وفي يوم سأل إحدى الجواري وقال لها:

هل حقا هنا تعيش الأميرة؟

الجارية:

أجل..

ومن أخبرك بذلك؟

الشاب:

لقد سمعت ذلك من بعض السجناء.

الجارية:

أجل.. الأمر محزن جدا.

الشاب:

ولِما هي مسجونة؟

الجارية: (وقد أخفضت صوتها لكي لا يسمع كلامها الحرّاس)

إنّه منذ أن تولّى عمّها الحكم اغتِصابا، سجنها في قصرها عُنوة، وكانت الأمور على ما يرام.

ولكن وفي يوم وبدون سابق إنذار، قام بإرسالنا إلى هذا السجن المظلم، ومنذ ذلك اليوم والأميرة جلفدان

حزينة لذا أردنا أن نجعلها تستعيد ابتسامتها، فطلبنا دهن الجدران من أجلها.

الشاب:

أحسنتن فعلا.

الجارية:

شكرا أنت شاب لطيف.

الشاب:

أليس للأميرة أقارب؟

الجارية:

لا أبدا.

الشاب:

أبدا؟

الجارية:

نعم.. إنها وحيدة في هذه الحياة.

الشاب:

وكيف هي الآن؟

الجارية:

إنّها حزينة على الدوام.

الشاب:

ولِما حُزنها؟

الجارية:

أميرتي تفتقد قصرها.

تفتقد الهواء، والسماء.

الطيور والعصافير، الشمس، والقمر، والنجوم

الشاب:

كل هذا؟

الجارية:

أميرتي ليست سعيدة في هذا السجن المظلم والمعتم.

الشاب:

هل تحب أميرتك شيئا معينا فارسمه لها على الجدار
فأنا أجيد الرسم؟

لعلها تصبح أقلّ حزنا، وأكثر سعادة ربما.

الجارية:

يا للروعة.

انتظر سوف أخبر الجارية المسئولة وأعود إليك.

الشاب:

حسنا.

لم تصدق الجارية ما قاله الشاب، ولما أخبرت كبيرة الجواري أخذتا الشاب إلى غرفة نوم الأميرة، وطلبن منه أن يرسم شكل شرفة، وان يرسم سماء وشمس تحاول الشروق لكي يسعدن قلب أميرتهن.

لقد كان منظر الشروق هو الأمثل للرسم، لأنه التوقيت الذي تحبه الأميرة أكثر شيء، رغم أنها تحب القمر بدرا والليالي الساهرة والمنيرة.

وهذا ما جعل الشاب يقترح تزييت سطح الغرفة بسماء ونجوم وقمر، اقترحت كبيرة الجواري على الشاب أن يكون القمر غير كامل، لأنه ذا معنى عند الأميرة، فهي كانت تحب القمر، الذي لم يكتمل بعد، كما أنّها كانت تقول وبحزن ومرارة:

"حياتي تشبه القمر الذي لم يكتمل بعد"

هدية غير متوقعة

امضي الشاب ساعات، وساعات في الرسم، فقد كان يرسم بإتقان شديد، كان موهوبا فقام بتحويل المكان إلى جنّة، وبعد أن أنهى عمله، جاء موعد الكشف عن المفاجأة للأميرة.

رفعت الستائر عن تلك التحفة الجدارية للأميرة فانبهرت بجمال المنظر، الذي كان يبدو وكأنّه حقيقي إلى درجة كبيرة.

إلى درجة لا يمكن التصديق، بأنّ هذا الذي تراه أمامها ليس إلا رسما، ليس إلا دهان، وصباغة على أحد جدران السجن البارد.

تمعّنت الأميرة في تفاصيل المنظر، التي كانت كثيرة، فكانت هناك الشرفة والنباتات.

وقد تمّ وضع بعض النباتات الحقيقية، التي تمّ وضعها بالقرب من المرسومة في تناغُم واضح.

وهناك بعض التفاصيل التي أضافها الرسام من إبداعه وخياله، فهو لم يعتمد فقط على وصف الجواري.

لقد أصبح المكان كجنّة خيالية ولم يعد يشبه السجن في أي شيء.

لم يكن ينقص المكان إلا بعض الهواء العليل، لكي تصدق بأنّه ليس تحت الأرض بل هو جنة حقيقية.

لقد كان ذلك الشاب فنانا بجد، وقد أبدع في تصوير ذلك المنظر كما وصفته له الجارية.

وهذا ما جعل عيون الأميرة تدمع لما تراه أمامها، وقد أخبرت الجارية ذلك الشاب فيما بعد بما فعله، وكيف أدخل السعادة إلى قلب أميرتهم.

سجين مثير للاهتمام

بينما الأميرة تتأمل ذلك الجمال، وكلّ تلك الطبيعة الخلّابة الممتدة على طول الجدار، فجأةً رأت شيئا، ولم تُصدّق ما رأته عيناها.

لقد رسم الفنان كائنا غريبا بين بعض الفراشات التي رسمها على الأزهار، وبعض العصافير، ولكن ما شدّ انتباه الجميلة جلفدان هو وجود ذلك المخلوق الغريب على الجدار.

إنّها عصفورتها التي أخبرتها بأن الأمير يحبها.

تلك العصفورة التي لا يعلم بوجودها أحد، فهي لم تخبر أحدا عنها.

تقدمت إلى الجدارية وأمعنت النظر في العصفورة، ووضعت يدها عليها لكي تتحقق من وجودها، ثم سألت كبيرة الجواري وقالت لها:

هل ترين هذه العصفورة؟

الجارية:

أجل.. يا مولاتي.

الأميرة جلفدان:

هل ترين.. كم هي جميلة؟

الجارية:

نعم إنّها بارعة الجمال.

الأميرة جلفدان:

كم توجد عصفورة مثلها على الجدار؟

الجارية:

لحظة.. يا مولاتي.. سوف أقوم بالعدّ فأنا لم انتبه للوحة.

تراجعت الجارية بضع خطوات، وراحت تتأمل كلّ الجدار، وتبحث بين العصافير ثم قالت:

مولاتي.. لا يوجد إلا عصفورة واحدة، التي هي بالقرب من يدك.

أما باقي العصافير فلا تشبهها.

الأميرة جلفدان:

أحقا؟

الجارية:

أجل.. يا مولاتي..

العصافير الأخرى متشابهة، ولكنّ التي أنت تسألين عنها إنها واحدة فقط.

الأميرة جلفدان:

هل سبق وإن رأت عصفورة مثلها في حياتها.

الجارية:

لا لم أر لها مثيلا من قبل.

الأميرة جلفدان:

هذه أول مرة ترين هذه العصفورة إذن.

الجارية:

نعم كما أنها لا تبدو حقيقية.

الأميرة جلفدان:

من الفنان الذي رسم الجدار؟

الجارية:

مولاتي.. إنّه نفس الفنان الذي رسم السقف.

الأميرة جلفدان:

ومن هو؟

الجارية:

مولاتي.. إنه أحد السُجناء.

الأميرة جلفدان:

وكيف يبدو؟

الجارية:

مولاتي إنّه شاب رائع، لبق ومحترم، ويبدو وكأنّه نبيل
أي من أصل عريق.

لكنهم يقولون بأنّه جندي، وقد كان في الجيش المعادي
لمولاي الملك في الحرب..

كما أنّه فنان ومرهف الأحاسيس.

وقد رسم كل هذه الرسومات على الجدار بأكمله،
وعلى السقف لوحده.

تمنت الجميلة جلفدان لو تستطيع رؤية الشاب والكلام
معه، لقد أرادت أن تسأله عن العصفورة.

كيف له أن رسم العصفورة؟

نفس العصفورة التي رأتها لوحدها.

ولم يسبق لأحد أن رأى عصافير تشبهها.

ما السر وراءه؟

هل في بلاده عصافير مثلها؟

لقد كانت هناك أسئلة كثيرة تدور في خلدها، ولكن لم
يكن بإمكانها أن تلتقي بذلك الشاب.

ولكنّ لقائها به لم يكن من السهل والممكن، بل وأصبح
اليوم من الصعب، وربما من المستحيل خاصّة بعد أن
انتهى العمل في السجن الخاص بها.

لقد أخبر قائد الحراس الملك بأن العمل قد انتهى في سجن الأميرة.

وعاد كل سجين إلى زنزانته الخاصة.

وعادت الأمور إلى سابق عهدها، ولن يسمح لأحد بالاختلاط مع أحد آخر.

كان الأمر مختلفا بالنسبة للأميرة الجميلة جلفدان التي
كانت تعيش مع جواريها بشكل دائم فقد كنّ اقرب
لحياتهن السابقة من كونهنّ مسجونات.

أصبحت الجميلة جلفدان تراقب تلك العصفورة ليلا
نهارا، وكأنها تسمع كلماتها التي قالتها لها سابقا
"الأمير يُحبك"

وهي تشعر بفضول كبير، لكي ترى الشاب وتتكلم معه
في ذلك الأمر الذي يهمها ويثير فضولها، ولكنّ الأمر
كان مستحيلا.

سألت جاريتها عنه كثيرا، ولكنّها لم تأتيها بأجوبة شافية.

وفي يوم قالت لها جاريتها:

مولاتي.. لدي مفاجأة أخرى لك.

الأميرة جلفدان:

وما هي؟

الجارية:

مولاتي.. أنت لازلت تريدين مكالمة ذلك الشاب أليس كذلك؟

الأميرة جلفدان:

أجل.. ولكن الأمر يبدو مستحيلا.

الجارية:

لا يا مولاي، الأمر ليس مستحيلا، لديّ خطة لفعل ذلك.

الأميرة جلفدان:

ماذا تقصدين؟

الجارية:

يمكنك فعل ذلك؟

الأميرة جلفدان:

كيف؟

الجارية: (وهي تهمس لكي لا يستمع لكلامهما أحد).

لقد اكتشفت بأن المطبخ (مطبخ الأميرة الذي تمّ تجهيزه لكي لا ينقصها شيء في سجنها) على صلة بغرفة ذلك الشاب الذي رسم اللوحة على الجدار.

الأميرة جلفدان:

أحقا؟

الجارية:

أجل.. يا مولاتي..

الأميرة جلفدان:

وما الذي نستطيع فعله؟

ثم أخبرتها الجارية بأنها طلبت من الطباخ أن يساعدها في عمل ثقب صغير في الجدار.

الأميرة جلفدان:

وماذا بعد؟

الجارية:

لقد تمكنت من التكلم مع الشاب.

الأميرة جلفدان:

ماذا قلت له؟

الجارية:

سألته عن أمر العصفورة.

وأخبرته بأن الأميرة تريد أن تعرف السر وراءها.

فسألتها الأميرة وقالت:

وماذا قال لك؟

الجارية:

لم يقل شيئا مفيدا.

بل طلب حضورك أنت لكي يخبرك.

وأضاف وقال:

إن كان الأمر يهمك، سوف تأتين.

الأميرة جلفدان:

أليست هذه وقاحة؟

الجارية:

لا.. يا مولاتي.. ربما الأمر مهم أو خطير.

فهو ليس وقحا، بل هو شاب مهذب ومؤدب.

الأميرة جلفدان:

حسنا..

الجارية:

أقسم على ذلك يا مولاتي.

سألتها الأميرة وقالت:

وكيف أتمكّن من الذهاب إلى المطبخ؟

وماذا عن الحارس الذي أمام الباب؟

الجارية:

لدي خطة لذلك أيضا يا مولاتي.

ألست أنا جاريّتك المخلصة والذكية؟

الأميرة جلفدان:

هيا اخبريني بالخطة ولا تطيلي الكلام

الجارية:

في الليل وبعد أن ينام الجميع، يمكنك أن ترتدي لباسا مثل الجواري، ويمكنني أن اصطحبك معي إلى المطبخ.

الأميرة جلفدان:

وإن كشف أمرنا؟

الجارية:

لا تقلقي يا مولاتي أنا اعرف الحارس الذي يأتي في الليل.

الحارس في تلك الفترة هو شخص طيب ويحبني ولن يرفض لي طلبا.

ضحكت الأميرة ثم قالت لها:

يبدو أنك ذكيّة، أنا معجبة بذكائك.

مغامرة مثيرة

وهكذا دبّرت الجاريّة المخلصة لسيدتها موعدا مع الشاب، لكي تسأله عما يشغل بالها.

وفي المساء تنكرت الأميرة بزي جاريّة أحضرته لها جاريتها الخاصة، وبعد أن وضعت برنسا على رأسها وبعد أن تكلمت جاريتها مع الحارس صديقها، خرجتا باتجاه المطبخ.

المطبخ لم يكن بعيدا بل هو في نفس السجن ولكنّه لم يكن ملتصقا بجناح الأميرة، الذي عليه حارس خاص.

ذهبت لكي تكلم الشاب، الذي كان ينتظرها بفارغ الصبر، فهو أيضا كان يريد رؤيتها والتكلم معها ولكن ليس لنفس الأمر الذي تسعى الأميرة لسؤاله عنه.

عندما وصلت إلى ذلك المكان بالذّات، اقتربت من الثقب الذي أحدثته جاريتها في الجدار ونظرت عبره.

عندما نظرت الأميرة من الثقب وقد كان يظهر جزء صغير من الشاب ليس إلا.

كانت الأميرة تشعر بالخجل، فتوارت عن عين الشاب الذي كان ينظر من الثقب إليها وقالت له:

لقد طلبت مني الحضور.

الشاب:

لقد أسعدني حضورك أيتها الأميرة.

الأميرة جلفدان:

وها أنا قد جئت.

الشاب:

أحسنت بفعل ذلك مولاتي.

الأميرة جلفدان:

أنا لست هنا من أجل المجاملات.

الشاب:

مولاتي.. يبدو أنّك سريعة الغضب.

الأميرة جلفدان:

هيا أخبرني سريعا أنا أريد العودة إلى جناحي.

الشاب:

لا يليق بأميرة مثلك هذا المكان، ولو صُبغ بألف دهان.

الأميرة جلفدان:

يبدو أنّك شاب فصيح اللسان، ولست مجرد جندي وفنان،

ضحك الاثنان على الحوار البسيط الذي دار بينهما، ثم أردفت الأميرة وقالت:

رجاء اخبرني..

الشاب:

اسأليني وسوف أجيبك.

فما هو الأمر الذي يهمّك ويحيّرك؟

الأميرة جلفدان:

ذلك العصفور الذي رسمته على الجدار.

الشاب:

ماذا عنه؟

الأميرة جلفدان:

هيا أخبرني من أين تعرف ذلك العصفور؟

وماذا يمثل لك؟

وما هو السبب وراء رسمك له؟

الشاب:

يبدو أنّك كثيرة الأسئلة يا أيتها الأميرة.

الأميرة جلفدان:

لقد جئت إلى هنا لكي تجيبيني على أسئلتي.

الشاب:

طبعا سوف أجيبك.

ولكن لدي طلب أريدك أن تحققيه لي سوف أجيبك
بعدها.

الأميرة جلفدان:

طلب آخر يبدو أنّك كثير الطلبات يا سيدي.

ضحك الشاب ثم قال:

نعم إنها أشبه بأمنيّة، وأقرب إليها من كونها طلب، وأرجو من كرمك يا أيتها الأميرة الجميلة أن تحققيه لي.

الأميرة جلفدان:

وما طلبك؟

الشاب:

أريد أن أرى وجهك فقابليني من الثقب رجاء.

استحت الأميرة ولكنّها حققت له طلبه لشدة رغبتها في معرفة أمر العصفور.

بعد أن رآها الشاب والذي ذهل من مدى جمالها، فقد سمع سابقا بان ابنة الملك جميلة جدا، ولكنّه لم يتوقع أنّها على هذا القدر من الحسن والجمال.

قالت له الأميرة:

والآن جاء دورك لكي تخبرني.

قال لها:

بعد أن استعدت أنفاسي من جمالك الخلاب يمكنني أن أخبرك بحكاية العصفور..

ابتسمت وقالت:

حسنا.

الشاب:

اسمعي يا مولاتي..

لقد كنت أعيش في مملكة بعيدة، وكان فيها أمير، الأمير توجان" هو أمير تلك البلاد كان لديه عصافير مثل هذه."

وقد اختفى أحدُهُما يومًا من القفص دون أن يعرف الأمير توجان أين ذهب عصفوره.

فالأمير لم يكن يفتح الأقفاص لأن العصافير كانت جميلة بشكل لا يوصف، وهي عصافير نادرة ولا أحد يمتلك مثلها إلا ذلك الأمير.

سألته الأميرة:

وأين تقع هذه المملكة؟

وما هو اسم الأمير؟

وأين ذهب العصفور؟

الشاب:

ألم أقل لك يا مولاتي.. بأنّ أسئلتك كثيرة.

الأميرة جلفدان:

رجاء اخبرني، أريد أن أعرف.

قال لها:

المملكة هي مملكتي.

و الأمير توجان كان .... لا.. لا استطيع إخبارك.

الأميرة جلفدان:

ولما لا؟

الشاب:

قد يقطع رأسي إن سمع أحد بما سأقوله لك.

الأميرة جلفدان:

أعدك بان أحفظ السّر.

الشاب:

اسمعي أنا أثق بك، ولكن سوف يقطع رأسي إن عرف
أحد بما سأقوله لك، وربما يسمعني أحد الحراس
ويُخبِر الملك.

الأميرة جلفدان:

إذن لا تقل.

الشاب:

سأخبرك.. ولن آبه بالنتيجة.

الأميرة جلفدان:

لا تقل.. أنا لا أريد لك الضرر.

الشاب:

اسمعي سوف يأتي جيش إلى هنا ويحررنا، وسوف آخذك معي.

الأميرة جلفدان:

ولكن لا يمكنني ترك شعبي ومملكتي.

الشاب:

أنا أريد إنقاذك.

الأميرة جلفدان:

لا أحد يستطيع إنقاذي فهذا هو مصيري.

الشاب:

لا.. أنت أميرة ويجب أن تعيشي في قصر، وليس في زنزانة.

الأميرة جلفدان:

أنا لا اشتكي لديّ كلما أتمنّاه، كما أن الفضل يعود إليك أنت، لأنك رسمت لي على الجدار كلما كان يلزمني.

الشاب:

ماذا تقصدين؟

الأميرة جلفدان:

السماء وشروق الشمس التي حرمني منها عمّي لأنّها كانت تجعلني اشعر بالسعادة.

والعصفورة الصغيرة التي زارتني ذات صباح.

الشاب:

هل زارتك تلك العصفور حقا؟

ولكن لا يمكن ذلك فمملكتنا بعيدة جدا ولن يستطيع عصفور صغير الطيران إلى هنا.

الأميرة جلفدان:

نعم إنّه عصفور جميل وقد رأيته ولكنه اختفى.

الشاب:

ولم يرجع إلى المملكة أيضا.

الأميرة جلفدان:

هل الأمير توجان يبحث عنه؟

الشاب:

نعم.. أنا لازلت أبحث عنه.

الأميرة جلفدان:

هل تقصد أنك أنت الأ...

الشاب:

لا تكملي كلامك رجاء قد يسمعنا أحد.

سكتت الأميرة واحمرت خجلا، وبعد تبادل بعض أطراف الكلام عادت إلى جناحها، لم تكن تصدّق

كيف أنّ هذا هو الأمير توجان الذي أخبرتها عنه العصفورة.

الافتراق عن أنيس السجن

استمرّت الأميرة باللقاء مع الأمير توجان الذي آنس وحشتها، وبعد مرور وقت طويل دخل جنود إلى السجن، إنّهم جنود الأمير توجان الذين حرروه هو وأصدقاءه، وقتلوا عمّ الأميرة.

تمّ تحرير الأميرة أيضا، وقد سيطر جيش الأمير توجان على المملكة، ولكنّه عندما حرّر الأميرة أعاد لها عرشها ومملكتها، ولكنه لم يعد لها قلبها الذي استوطن به، وسلبه منها ورحل.

بعد أن حرّر الجيش الأمير توجان، لم يكن لديه الكثير من الوقت لكي يقضيه مع الأميرة، رغم انه كان متشوّقا لرؤيتها ولأن يراها كلّها وليس من ثقب في الجدار.

كان يتحرّق شوقا لأن يلمس يدها ويمسكها، ولأن يخبرها بمشاعره وكم هو يحبها.

ولكن ولأن الوقت كان مضغوطا، والجوّ كان مُكهربا، فقد كانت حالة حرب لذا فقد غادر من فوره.

رسالة الأمير

سافر الأمير توجان إلى مملكته وبعد شهر بالكامل، أرسل إلى الأميرة مع خادم له عصفور مثل الذين رسمه على الجدار.

وقال لها في رسالة:

لقد فُقِد شريك هذا العصفور في مملكتكم، وخفت على هذا أن يموت بدون شريكه.

كما أنّ قلب الأمير توجان قد سُرق في مملكتكم.

ولن يستطيع الأمير توجان أن يعيش بلا قلب، فهلّا تكرّمتم على الأمير توجان بإعادة قلبه له بقبولكم طلبه بالزواج من الأميرة جلفدان.

تقبلوا سمو التحيات.

الأمير توجان

رسالة حب والحبيب

فرحت الأميرة بتلك الرسالة، وقبل أن تنطق جوابها خرج الأمير توجان من تحت عباءة الخادم.

فقد كان مُتنكّرا وقد كان يحبّ التنكر ففي المرة السابقة أُلقي عليه القبض.

وقد كان جنديا بين الجنود، واليوم هو خادم الأمير توجان وحامل رسالته إلى حبيبته الأميرة.

ووافقت الأميرة على الزواج بالأمير الوسيم توجان.

إتحاد الأحبة واكتمال القلوب

وقال لها:

ألم يقل لك العصفور إنّ الأمير يُحبّك.

استغربت من كلامه.

ولم تفهم كيف عرف ما قاله لها العصفور؟

في صباح اليوم الموالي للزفاف وجدت الأميرة في القفص عصفورين كما أخبرها الأمير توجان سابقا، بأنّ لديه عصفورين وعندما سألته أخبرها بأنّه تفقّدهم ليلة البارحة ولم يكن العصفور الثاني موجودا.

Sommaire

إهداء.. 3

عصفورة الأميرة 5

حب الأمير 8

الأمل الجميل............... 10

اغتصاب العرش 13

خبر عاجل 16

سعادة الأميرة 19

التصرف سريعا وبحكمة 28

ظلم بعد ظلم 35

تضييق الخناق 39

السجن بحلة جديدة 43

فن ينبض بالحياة 48

فنان يستشعر الجمال 58

هدية غير متوقعة 67

سجين مثير للاهتمام 70

الافتراق عن أنيس السجن 97

رسالة الأمير 99

رسالة حب والحبيب 101

إتحاد الأحبة واكتمال القلوب 102

Sommaire............... **104**